Trois cents secondes

Charlotte Boyer

Trois cents secondes

Nouvelles

© 2009 Charlotte Boyer

Éditeur : BoD-Books on Demand
12-14 rond-point des Champs-Élysées, 75008 Paris
Impression : Books on Demand, Norderstedt, Allemagne

ISBN : 978-2-3222-0465-6
Dépôt légal : février 2020

Et l'espoir, malgré moi, s'est glissé dans mon cœur.

Jean Racine, Phèdre

Pour William

TROIS CENTS SECONDES

Cela faisait cinq minutes que Céleste était devant cet homme. Cinq vraies minutes. Pas comme l'expression « Ça a duré cinq minutes » qui signifie en réalité que ça a été extrêmement rapide ; quelques secondes tout au plus. Cinq vraies minutes durant lesquelles cet homme n'avait pas parlé. Trois cents secondes pendant lesquelles elle s'était demandé : « *Pourquoi je ne bouge pas ?* ». Évidemment, elle se l'était dit intérieurement mais d'une voix tremblante elle avait murmuré :

— Je ne sais pas.

— C'est comme ça que vous entamez la discussion ?

La réponse d'Hugo aurait pu paraître un peu sauvage mais, au contraire, elle était d'une douceur sans égale. Vous ne trouvez pas ? C'est que vous ne deviez pas être là au début de l'histoire.

Au commencement, il y avait ce restaurant presque vide. Deux inconnus avaient choisi le début du service vers 19h30 afin d'être tranquilles. Le souci était que ces deux inconnus ne s'étaient jamais vus. Les rencontres sur internet ont cela d'étonnant : elles fonctionnent à l'envers de celles qui ont lieu dans la vie. Ce n'est pas le physique que vous jugez en premier mais des paroles, en espérant qu'elles viennent bien du cœur de celui qui les écrit. Donc voilà, deux inconnus avaient donné rendez-vous à deux inconnus. Des heures, des jours à se parler pour finalement... faire se rencontrer chaque moitié des couples pas encore formés.

Hugo avait vu une jolie brune entrer précipitamment dans le restaurant. Il savait que ce n'était pas celle qu'il attendait : « *Je serais tout de noir vêtue* » lui avait écrit son inconnue alors que celle-ci était en noir et rose. Pourtant, elle s'était assise en face de lui. Après avoir posé son sac et son manteau, elle avait relevé la tête et constaté son erreur. Se sentant profondément ridicule, elle était restée paralysée devant lui.

Céleste était en retard. L'homme qu'elle devait voir était très « vieille époque » : ponctuel, courtois, poli et finalement, assez maniéré et peu naturel. Arriver en retard à un premier rendez-vous avec un tel homme était un comble. En fait, elle était partie à l'heure mais, en route, elle avait repensé à lui. Il lui déplaisait de plus en plus. Elle avait donc jugé de se rendre à ce rendez-vous par pure politesse étant donné qu'il était trop tard pour annuler. Elle voulait être totalement détachée puis repartir très vite. C'est donc la tête prise par mille pensées qu'elle s'était installée à la table du premier homme seul. Stupéfaite, elle était restée figée. Trois cents secondes durant lesquelles elle avait jugé bon de se taire et d'attendre. Rien ne s'était produit.

En apparence seulement.

Ces deux personnes ne se connaissaient pas mais ressentaient la-même chose : elles étaient là par erreur et devaient profiter de leur rencontre pour fuir ensemble loin de ce restaurant qui ne leur ressemblait pas.

Enfin, la parole s'était installée. Les serveurs semblaient surpris qu'après un tel silence, il y ait autant de paroles, de sourires, de regards. Cette rencontre était si pleine de promesses qu'ils n'osaient plus les interrompre. Finalement, Hugo et Céleste s'étaient levés. En poussant ensemble la porte du restaurant, ils avaient ouvert la porte du futur. Ils n'étaient plus des inconnus. Surtout pas après la nuit qu'ils allaient passer. Non, pas celle que vous croyez. Mais ne vous en faites pas, elle est venue celle-ci aussi, suivie de nombreuses autres. La nuit de leur rencontre, ils avaient marché des heures dans la ville à parler de tout, de rien, de la vie. Puis, ils s'étaient revus dans un restaurant et aucun d'eux ne s'était trompé de table.

Plus tard, des amis leur avaient demandé :

— Mais où vous êtes-vous trouvés tous les deux ?

Et ils avaient répondu :

— Sur internet.

Mesdames, croyez-vous que cette histoire trop romantique soit impossible ? Si oui, alors vous devez sans doute être encore en train d'attendre à une table, tout de noir vêtue.

C'EST POUR MOI

— Je te jure !

— Arrête tes conneries ok ! Tu débarques dans mon bar fétiche et tu me racontes quoi ? Tu as buté ta grand-mère pour récupérer l'argent qu'elle a gagné au loto ? Hey vieux, j'suis p'têtre bourré mais celle-là, je la gobe pas mais je vais m'en souvenir !

— J'mens pas ! Oh les journaux n'ont pas arrêté d'en parler. J'suis vexé là dis-donc ! Mon égo se noie dans ma piscine… Hey, j'ai fait cinq ans parce qu'y paraît que je me suis bien tenu et ça, ça a dû la retourner dans sa tombe ma Mémé.

— Hey Jacques, viens picoler avec nous ! Y'a mon pote il a une histoire, elle est pas banale ! Sérieux vieux, j'me moque pas mais tu devrais être écrivain ou réalisateur, pas alcoolo !

— Alors, c'est quoi ton histoire ? Vite hein, tu m'la fais courte, y'a ma femme qui m'attend. Elle, elle veut me mettre une laisse. Elle a fait un tableau d'heures où je peux boire ma bibine et où j'peux pas. J'suis sobre depuis trop longtemps, la journée est naze. T'es marié l'écrivain ?

— Je ne suis pas écrivain mais un jeune retraité et non, je ne suis pas marié.

— Ben t'en as de la chance parce que, cette expression « mettre la corde au cou », c'est une nana qui l'a inventée. Ouais, moi j'te l'dis, elle veut que je me pende !

— Je peux parler le suicidaire ?

— Ouais M'sieur l'écrivain.

— Ça faisait des mois qu'elle bougeait pas et je savais qu'elle pouvait. Comme elle trouvait que j'étais un bon à rien, elle s'était dit qu'elle pourrait me garder sous le coude histoire de faire de moi le petit-fils-homme-à-tout-faire. Bon sang, elle m'en a fait baver. Et les voisins, ces bourgeois : « *Vous êtes gentil avec votre grand-mère mon petit, hein ! Elle est si bonne.* ». Bonne, mon œil ouais. Ok, elle m'a élevé mais tu parles, jamais un encouragement, que des coups de pied au cul. Y parait que ça en sont… Moi, j'crois pas. Si j'avais des mômes… Pfff, non en fait, j'ai pas trop envie de partager ma fortune. Donc ma Mémé, c'était le genre à planquer ses billets sous le matelas. Mais c'était pas des petites sommes, ah ça nan ! Elle dormait à la Banque de France celle-là. C'était Sa Banque de France. En plus, elle ne dépensait pas un radis. Elle est bien bonne… Elle donnait des coups dans les verres en plastique des clodos dans la rue. Bien bonne… Bonne à faire souffrir ouais ! Et d'un coup, plus rien ! Elle s'est couchée et s'est contentée de geindre ! Bon sang. Des gémissements de malade imaginaire. Je l'sais, c'est le seul bouquin qu'j'ai lu et juste parce qu'elle m'a forcé. On aurait dit qu'elle voulait me prévenir que j'allais pas tarder à passer pour un con. Et donc c'est ce jour-là que je suis devenu son homme à tout faire. Un jour que j'devais la laver, je l'ai laissée tremper et j'suis allé voir sous son matelas. Y'avait plus rien. J'ai commencé à flipper parce que j'espérais qu'elle meure bientôt et là, je ramasserais son pactole. Je suis retourné dans la salle de bain et, sans hésiter, j'ai demandé :

— Où qu'il est le fric Mamie ?

— Tu veux sans doute me demander où est-ce que j'ai mis mon argent ?

— Ouais, s'tu veux.

— Et bien… Je l'ai perdu.

— Perdu ? Comment ça perdu ? Tu as soulevé le lit et tout s'est envolé ?

— Non, je l'ai dépensé.

— Dépensé en quoi, y'a rien de nouveau ici.

— J'ai acheté ma place au cimetière et tout ce qui va avec.

— C'est si cher que ça ? Parce que depuis qu'on est passé à l'Euro, j'te sens un peu hésitante alors, tu t'es peut-être faite arnaquer.

— Tu t'inquiètes pour moi, c'est gentil.

— Pas vraiment non. Tu es toujours aussi méchante et donc tu ne vas pas claquer. Ce qui veut dire qu'on a encore du temps à passer tous les deux et donc des courses à faire et tout ça.

— Ne t'en fais pas, j'en ai encore. Et toi, que te reste-il ?

— Comment ça ?

— Oui, tu as bien des projets de vie, un peu d'argent de côté ? Tu sais, avec l'Euro, il ne faut pas hésiter à mettre de côté...

— Tu n'es qu'un monstre ! Tu mériterais de te faire écraser par un camion poubelle, ça c'est ta place ! Tu m'as empêché d'agir et as brisé tous mes projets. Aujourd'hui, tu t'es préparé ton « Après » et même morte, tu auras le dessus.

— Je t'ai élevé. Ma fille a eu le plus horrible des petits merdeux. Si mon défunt mari, cette vieille chouette, n'avait pas insisté pour qu'on te garde malgré le fait qu'on n'allait plus jamais revoir notre fille, tu serais ailleurs qu'ici, entre mes mains, en sécurité.

— C'est à cause de toi que ma mère est partie ! Tu n'as plus voulu la voir parce qu'elle était enceinte avant son mariage !

— Ne parle pas de ce que tu ne connais pas : tu n'as ni femme, ni enfants et encore moins de maman. Je n'ose penser à ton père. En même temps, il est dur de penser à un inconnu...

Là, ce n'était plus possible. C'en était trop. Je l'ai soulevée, mise dans son lit à poil et mouillée. J'ai fermé la porte de sa chambre et ai espéré toute la nuit qu'elle soit morte de faim à mon réveil. Mais pensez-vous, elle allait très bien. Je suis sorti de ma chambre vers les dix heures et elle était habillée, coiffée et même maquillée. Pourtant, quelque chose n'allait pas. Ok, elle avait gagné, j'allais être à la rue quand elle aurait claqué. Sauf que ce jour n'était pas près d'arriver. La preuve : elle était pomponnée comme si elle avait rendez-vous avec le Président. J'vous jure, j'avais peur de la froisser. Enfin bon, passons. Elle tirait une tronche. Sur le coup, j'ai cru que LePen avait démissionné. La vieille Bique, ça l'aurait achevée. Moi, ça faisait longtemps que je ne pensais plus à la politique. Les journées étaient encore plus pourries. Et j'ai fini par comprendre. Elle était maquillée, déguisée et tout le bazar. Du coup, je n'avais plus de raison de la mettre dans son lit. Elle, elle n'avait plus de raisons d'y être. Plus d'argent donc la poule pouvait sortir de son nid. C'était donc pire. Elle était tout le temps avec moi. Alors, j'ai eu l'idée de lui acheter un ticket du loto. J'ai coché des cases sans trop penser et je lui ai filé. La vieille, elle s'en fichait. Et puis, malgré tout, le soir elle avait collé son vieux museau sur l'écran. Moi, je pensais faire un tour quand… Un silence trop douteux me ramena au salon. Elle était là à caser son ticket dans son corsage tombant ! Ouais, elle avait gagné. La cagnotte à douze millions d'euros ! Même pas un merci, rien. Elle a juste dit :

— Ne fais pas de bruit en rentrant.

Et la garce, elle a trottiné jusqu'à sa chambre ! Ce ticket était à moi, c'était sûr. C'était juste pour qu'elle arrête ses gémissements que je lui avais payé. Je ne pensais pas qu'elle gagnerait un centime. Comme je la connaissais, elle allait planquer son petit ticket dans un endroit que je ne trouverais jamais. En courant, j'ai attrapé le vase préféré de mon grand-père et j'ai ouvert la porte de la chambre de la vieille. Elle était en train de fermer une boite en métal. Je l'ai serrée par le cou et explosé le vase sur sa tête. Aucun des deux ne fut réparé. Cette nuit-là, j'ai balayé la chambre et mis la morte sur son plumard adoré.

Le lendemain, je suis allé à la Française des Jeux et le tout est arrivé sur un compte créé spécialement pour moi. Ensuite, je suis allé chez les flics et vous connaissez la suite : j'ai chopé dix ans mais je suis un bon garçon au fond alors je suis sorti au bout de cinq. Je suis allé à la banque et avec les intérêts, les douze millions avaient fait des petits. J'ai aujourd'hui ma baraque et ma piscine. De la bouffe à volonté et j'vous parle pas des femmes. La bibine c'est pour une dernière fois. Ouais les gars, je vais me casser dans le sud et m'acheter un vignoble ! J'vous interdis de venir d'ailleurs, avec vos femmes et vos marmots ! Ça c'est sûr. J'partage pas mon pactole alors moi l'expression « La corde au cou », j'suis pas prêt d'en parler.

— C'est ça Vieux. Bah moi, je vais voir ma femme et me dire qu'au moins, avec ou sans millions, j'ai quelqu'un pour me faire de bons p'tits plats. Aller, je paye.

— Laisse. C'est pour moi.

L'ANGE ET LA CHANCEUSE

Assis sur le toit de la maison d'en face, le Chef observe attentivement la scène. L'Ange Roman tente de sauver sa peau en convainquant la jeune Lucie de reprendre sa vie à notre époque.

— Vous dites que je peux essayer ma nouvelle vie pendant une semaine et que si elle ne me convient pas, je pourrai retourner dans ma Demeure Éternelle ? interrogea Lucie.

— C'est exactement ça ! Une semaine, ça vous semble trop juste ? Bon allez, puisque c'est vous, je propose un mois mais c'est mon dernier mot ! lui assura son Ange d'un ton joyeux.

— Une semaine ou un mois, ça ne change rien. Ce temps est si court, comment faire ma vie ? Lucie doutait de la valeur de la proposition.

— Oh excusez-moi Lucie ! Je ne vous ai pas donné tous les détails de notre contrat ! Tout est prêt pour vous accueillir : un emploi, un appartement à Paris et de l'argent sur un compte bancaire. Essayer cette vie, c'est ne pas le regretter ! ajouta Roman, confus.

— Vous voulez dire que vous me proposez une semaine pour…

— Ou un mois ! coupa l'Ange.

— Oui, ou un mois, pour essayer la vie du XXIème siècle et si elle me convient, j'aurai une seconde chance ? doutait Lucie.

— Vous avez tout compris ! Alors, vous avez choisi ? Parce qu'une chance pareille, ça ne se présente qu'une fois ! assura-t-il.

— Après tout, je ne risque rien d'essayer, c'est vrai. Je signe votre contrat ! décida finalement la jeune fille.

Le Chef ne comprend pas et convoque immédiatement Roman.

— Ne m'interromps pas veux-tu ! C'est comme ça que tu proposes à Lucie une deuxième chance ? Mais c'est scandaleux ! Tu devais lui présenter notre monde objectivement ! Elle ne sait rien de notre époque, de son métier, de nos modes de vie ! Tu sembles avoir oublié la règle première de ta mission Roman : toujours se renseigner sur la vie passée des Chanceux ! hurlait le Chef.

— Mais je me suis renseigné Chef, se défendait Roman ! Lucie est née en 1724 en France dans une famille très pauvre. Elle est servante dans une famille extrêmement respectée mais est tout de même logée dans l'écurie. En 1743, un incendie emporte, avec les animaux de la riche famille, la jeune fille de 19 ans. Vous voyez Chef, je sais qui est Lucie ! dit-il plein de fierté.

— Comment oses-tu dire une chose pareille ? Qu'aimait-elle dans la vie ? Quels étaient ses rêves ? Tu as oublié l'essentiel ! Honte à toi ! Ceci est maintenant ta dernière chance : protège Lucie toute la semaine. Si elle trouve le bonheur et accepte de recommencer sa vie, tu seras épargné.

Mais si tu échoues, tu auras la peine capitale que méritent les Anges Pessimistes !

D'un air menaçant, le Chef s'en retourna aux autres Chanceux et à leurs Anges, laissant Roman à sa dernière chance.

Ça ne s'annonçait pas très bien. Lucie peinait à ouvrir la porte de son appartement. Elle ne trouvait pas le loquet et commençait à se sentir abandonnée. Heureusement, du moins pour l'instant, Roman lui apparut :

— Mais alors, tu es sotte ? Et la clé que je t'ai donnée, tu crois qu'elle sert à quoi ? intervint-il.

En un instant, Lucie ouvrit la porte mais le grand couloir blanc qui s'étendait sous ses yeux ne parvenait pas à effacer la réflexion de Roman que lui avait sans cesse rappelée la Comtesse dans son ancienne vie. Oui, elle était sotte et c'était pour cette raison qu'elle dormait dans l'écurie.

Roman s'amusait à faire la présentation des lieux :

— Ici, tu auras tout ce dont tu peux avoir besoin : de l'espace, de la lumière et le confort bien sûr ! dit-il sur un ton d'agent immobilier.

Le regard de Lucie semblait vide face à la vue splendide qui s'offrait à elle derrière la baie vitrée de son salon.

— Peut-être aimerais-tu visiter ton quartier ? risqua Roman.

Lucie fit oui de la tête laissant à Roman le droit de fermer la porte de l'appartement. A cette heure de la journée les rues parisiennes étaient bondées et bruyantes. Le brouhaha assommait Lucie qui suivait tant bien que mal la course folle à laquelle s'adonnait Roman.

— Il devait beaucoup aimer sa vie ici, pensa Lucie.

Puis, il s'arrêta net. Lucie en fut soulagée.

— Voilà, c'est là que tu travailleras dès demain matin ! C'est un joli métier ça, fleuriste ! Au contact des fleurs, tu retrouveras un peu de ton passé, dit-il joyeusement.

Lucie regardait sans parler les différentes fleurs du magasin à travers la vitrine.

— Elles étouffent non ? A l'intérieur, avec cette chaleur ! lança Lucie.

— Mais non voyons, elles sont bien là. Elles veulent qu'on les achète pour enjoliver les appartements des autres. Une belle destinée ! jura l'Ange.

Lucie n'aimait pas ce qu'elle voyait là. Son ancienne vie ne ressemblait en rien à ce qu'on lui proposait aujourd'hui. Le contrat était-il un mensonge ? De la nature en pot, voilà ce qui, selon Roman, représentait son ancienne vie. Il était si sûr que son époque lui plairait qu'elle était profondément déçue. Elle ne s'attendait pas du tout à ça.

— Non, je ne veux pas. Ramenez-moi à ma Demeure Éternelle ! dit-elle la voix tremblante.

— Ah non, jeune fille. Vous devez finir votre semaine avant de valider votre décision.

— Mais le contrat disait que je pouvais changer d'avis à tout moment !

— J'ai dû oublier de vous faire signer la case... S'il vous plaît, essayez encore ! Si je ne vous convaincs pas mon Chef me condamnera à la Peine Capitale, supplia-t-il.

Mais Lucie était déjà partie, doutant de retrouver son chemin. Pourtant, elle le retrouva et s'enferma chez elle. Elle se coucha sur le canapé et regardait la course du soleil, attendant sa libération vers sa Demeure Éternelle.

A l'avant dernier jour, le Chef lui apparut.

— Notre monde est-il si déplaisant pour que tu ne veuilles pas lui accorder de chance ? lui demanda-t-il de sa douce voix.

— Non, il est juste loin de ce que je suis. Je n'aime ni le bruit de la ville, ni ses odeurs. Je suis si loin de ce que j'étais. J'ai l'impression que l'on tente de me donner une autre personnalité !

— Mais c'est le but, tu le sais bien. Les Vies sont comme ça ! Si tu acceptes notre marché au-delà de cette semaine, tu oublieras tout de ta vie antérieure. Quelquefois, tu auras des impressions de déjà vu ou certaines personnes te sembleront familières mais ce ne seront que des traces de tes vies passées. Tu ne le sais peut-être pas mais toi, Lucie, tu es déjà le résultat d'une vie antérieure ! Tu as la chance de pouvoir t'améliorer.

— Mais je suis loin de tout ce que j'ai connu. Je ne reconnais absolument rien. Vous me dites que si j'accepte, je ne me souviendrais de rien, juste de ma vie présente. Mais si elle ne me convient pas, comment la quitter ? lui répondit-elle en pleurant.

— Ah non, quand c'est fait, c'est fait. C'est une formidable opportunité alors tu te battras. Personne jusqu'à présent ne l'a regretté, assura le Chef.

— Comment faire le bon choix ? questionna la jeune fille en séchant ses larmes.

— Aies confiance en moi et en toi.

Dix jours plus tard, Roman était convoqué chez le Chef. Tremblant, il avait écouté la liste de ses erreurs et fut immédiatement relevé de ses fonctions pour fautes graves et tentative de contamination au pessimisme. Le Chef le condamna à la Peine Capitale : cent ans dans la pire de ses vies antérieures.

Quant à Lucie, elle ne se souvenait de rien. Elle était fleuriste sur les Champs Élysée. Sa vie était banale mais confortable. Elle commettait encore beaucoup d'erreurs et le Chef était sûr qu'elle n'était pas arrivée au bout du Chemin. Il espérait simplement que la prochaine Lucie qu'elle incarnerait serait moins angoissée. Tout le monde savait que le Chef était bien trop optimiste.

LE PASSAGE

H-48

Depuis des siècles, la rumeur court. Ce n'est d'ailleurs plus une rumeur mais une légende. On ne sait rien de ce qui se passe après car ceux qui y passent n'ont que deux possibilités : soit ils deviennent comme les autres, soient ils s'enfuient pour ne jamais revenir. Comprenez pourquoi j'ai peur : je vais vers l'inconnu. Je ne veux pas être forcé à fuir. Pour aller où d'abord ? Et puis je refuse de quitter ma famille. Non, je deviendrai comme les membres de mon peuple, ceux qui respectent leurs origines. Je vais passer cette épreuve pour devenir un membre à part entière pour faire honneur à ma famille et ne pas m'enfuir comme ces lâches.

Deux jours avant, j'ai choisi de mener mon enquête malgré tout. Nombre de mes amis sont partis sans laisser de traces pour ne jamais revenir. Nous étions tous si proches qu'il est impensable qu'ils soient partis pour des raisons futiles. Je veux faire honneur à mon peuple mais avant, j'aimerais comprendre leur disparition et c'est pour ça que je tiens ce journal de bord. Dans 48h, il sera trop tard alors c'est le moment ou jamais.

Il faut tout d'abord que je me rappelle ce qui se passait peu avant leur disparition à tous. Rien de bien particulier en fait, rien de bien différent de ce que d'autres ont fait : le jour de leur anniversaire, ils se sont enfuis non sans s'être donné en spectacle dans tout le village criant tels des animaux sauvages. Quelques heures avant que le trouble qui semblait les affecter n'apparaisse, ils semblaient tous anxieux et excités à la fois. Avoir 18 ans était comme une aventure dangereusement excitante. Ce qui est plus troublant, c'est que tous ceux qui se sont enfuis ont réagi de la même façon à leur date anniversaire. J'ai de plus en plus peur car je me sens comme eux à l'approche de cette date. Vais-je devenir fou moi aussi ? Pourtant, tous ne réagissent-ils pas comme ça ! Certains, même s'ils subissent une métamorphose impressionnante, restent fidèles à eux-mêmes. Enfin, je crois... Avoir 18 ans laisse à penser à certains qu'ils peuvent être comme les adultes du village mais je refuse de croire qu'il n'y a pas de période intermédiaire. Passer de l'adolescence à l'âge adulte, n'est-ce pas un peu précipité ? Quoi qu'il en soit, ceux qui ne s'enfuient pas deviennent très autoritaires et semblent cachotiers, trop discrets pour ne rechercher que la paix. Seuls les adolescents membres de leur famille ont le droit de les approcher et leur relation ne se résume qu'à quelques ordres.

Je rentre trop dans les détails ! Je n'ai pas un mois pour enquêter, bon sang ! 48H, c'est court et je ne sais pas vraiment comment avancer. Ce qui est étrange, c'est que ce moment fatidique ne nous intéresse pas et que la disparition des autres ne nous étonne pas plus. Mais à quelques jours de la majorité, nous sommes alors saisis à la gorge. Le compte à rebours a commencé et rien ne semble pouvoir l'arrêter. Une métamorphose se profile mais laquelle ? D'ailleurs, pouvons-nous la choisir ? Ne sommes-nous pas chassés contre notre volonté ? Devenons-nous sinon des adultes autoritaires car la coutume est de garder sous silence ce passage inquiétant ? Dans 48h, j'aurai mes réponses. Pourtant, j'aimerais disposer de plus de temps. J'ai le sentiment que ce passage ne sera pas sans conséquence et que tout changera définitivement. J'atteins le point de non-retour en somme.

H-24

Je ne sais pas si c'est parce que j'ai passé beaucoup de temps à observer et à écrire sur ce carnet de bord mais toute ma famille s'était réunie pour un repas à la maison. Ça a duré des heures et j'ai très peu dormi. Inviter autant de gens à la dernière minute, cela ne ressemble pas à mes parents. Je commence à avoir des doutes sur tout le monde. La métamorphose aurait-elle commencé ? Avoir 18 ans est-ce une épreuve si douloureuse qu'on peut en sentir les prémices les heures qui précèdent l'événement ? Il est difficile pour moi de me rappeler le comportement de mes amis disparus mais je commence à comprendre certaines choses. Ils se sont tous méfiés des adultes, sans exceptions. Pourtant, aucun d'eux n'a fêté son anniversaire en même temps qu'un autre. Ce devait être terrible de sentir quelque chose, de ne pas pouvoir en parler ou de ne pas réussir à le faire. Je suis le dernier, je n'ai donc pas l'espoir inutile d'arriver à en parler à un ami. C'est ça d'être le plus jeune.

H-20

J'ai pris la décision de ne pas dormir tant que je n'aurai pas 18 ans. Ce n'est pas difficile, je suis trop angoissé pour fermer l'œil. Néanmoins, il me faut éviter de penser à la fatigue. Je choisis donc d'agir jusqu'au moment où... Où je ne sais pas ce qui se passera mais il y aura un événement et je veux y être préparé. Mieux, je veux choisir ma voie. Oui, j'hésite à supprimer une des deux options. Ceux qui sont partis avaient surement une bonne raison. Et ceux qui restent ne sont pas toujours bien agréables et même parfois inquiétants.

J'ai choisi d'agir en tout cas. Je suis allé voir les parents de mes amis disparus. Ça n'a pas été facile de faire croire que je profitais de mes dernières heures d'adolescence pour enfreindre la première loi de notre code : « *ne jamais parler à un membre extérieur à sa famille.* ». La plupart m'ont claqué la porte au nez. Les autres m'ont laissé à peine cinq minutes. Je leur expliquais que je voulais voir la chambre de leur enfant disparu pour me souvenir de cette adolescence qui s'enfuit. Certains m'ont refermé leur porte sur les doigts me criant qu'ils n'avaient jamais eu de fils ou de fille. D'autres me disaient où se trouvaient les chambres mais pas un ne l'avait gardée en l'état, promesse du retour d'un enfant. La plupart du temps, c'était un débarras. On stockait les fiertés de la famille ou les objets inutiles. Étrange cohabitation. Tout ce que je voulais, c'était une trace des dernières heures d'adolescence, un indice m'informant du lieu de leur exil. Rien. Le ménage était bien fait, preuve que la vie passée en ce lieu était finie. Je repartais toujours déçu et de plus en plus inquiet.

H-17

L'étau se resserre. Je sens des regards glisser sur moi. J'aperçois des réunions secrètes qui me semblent toujours avoir été tenues mais qui ne m'avaient jamais interpellé. Les messes-basses se font plus claires à mes oreilles, les signes lourds de sens ne m'échappent plus. Je crois avoir compris ce qui se passe lorsque l'on a 18 ans mais je suis surveillé. Je veux être sûr de ce qui se passe avant de l'écrire noir sur blanc, preuve ultime de l'existence de ma crainte.

H-3

Il n'y a plus de doute possible. Toute la journée, j'ai été suivi, épié mais pas une seule fois l'on ne m'a adressé la parole. C'est comme si j'avais désobéi cent fois et que l'ignorance était ma punition éternelle. Les regards se font noirs sur mon passage et les pas pressants derrière moi. Il a été difficile de rejoindre mon carnet de bord. Les habitants du village semblent décidés à me faire passer le rite comme aux autres, sans trace écrite pour mes cadets. Cette fois, je vais écrire jusqu'à l'heure fatidique. J'ai mis tant de temps pour rejoindre ce cahier qu'il est hors de question que je l'abandonne une nouvelle fois.

H-1

J'entends des choses. Des choses que je n'aurais jamais pu imaginer. Des règlements de compte principalement entre membres d'une même famille ou entre amis, des mensonges révélés ou en train de prendre forme. Tous les secrets cachés me sont révélés. Oui, c'est bien ça, à 18 ans, on fait tomber les masques.

H + 6

Je me suis enfui. C'était trop dur. La vérité sur les gens que j'ai côtoyés m'était insupportable. J'ai eu l'impression d'avoir été dupé toute ma vie et que maintenant on m'énonçait de nouvelles règles : ne rien dire, ne rien penser et tout faire pour... Pour quoi d'ailleurs ? Je ne sais pas. Ça ne m'intéresse pas. La curiosité est peut-être la raison qui a poussé les autres à rester mais, à force de vivre comme les anciens, ils sont devenus leurs égaux. Quoi qu'il en soit, à un moment, j'ai entendu des tonnes d'horreurs alors j'ai attrapé mon cahier et j'ai quitté le village en courant le plus vite possible, sans jamais me retourner. Je ne sais pas du tout où je voulais aller. En réalité, j'avais tellement peur de tout ce qui se révélait à moi que j'ai eu la superstition de croire que je rejoindrais comme par magie mes amis perdus depuis si longtemps.

H + 9

Il n'en est rien. J'ai trouvé un autre village sur ma route. J'ai couru si longtemps que je me suis d'abord reposé avant de chercher d'éventuelles connaissances. Il n'y a personne que je connaisse mais au bout d'un moment, cela m'a rassuré. Personne ne me connait et c'est mieux ainsi. Je commence une nouvelle vie car j'ai été très bien accueilli et les habitants du village m'ont proposé l'hospitalité. J'ai accepté avec plaisir. Je me sens bien ici et puis, il faut bien l'avouer, je n'ai nulle part où aller. Je vais donc avoir de nouveaux amis, fonder une famille, travailler ici. Je sais qu'ici, il n'y a pas de non-dits. Les enfants courent sans s'inquiéter de ce qui se passera dans quelques années et les adultes veillent sur eux.

J+10

J'ai peur. J'ai vu ce matin une jeune fille soucieuse près du puits du village. Je suis allé la voir afin de savoir si je pouvais l'aider. Horreur des horreurs, elle m'a dit qu'elle avait peur car son anniversaire approchait. Au début, je n'ai pas compris mais ensuite, je lui ai demandé quel âge elle allait avoir. Elle m'a répondu qu'elle allait sur ses 18 ans et qu'il ne servait à rien de la duper, j'étais comme les autres et elle ne me faisait pas confiance.

La lutte est trop difficile. Me voilà adulte. Comme les autres. Vais-je tomber dans les non-dits ? Les mensonges ? L'empreinte des adultes qui m'ont entouré toute ma vie est-elle aussi marquée ? Je ne le saurai peut-être pas car déjà, je sens mon regard sombre suivre au pas les enfants qui s'en vont vers l'avenir.

LA RÉVOLTE DU PLASTIQUE

Tout avait commencé normalement : un enfant dans un magasin criait pour obtenir un jouet « made in Japan » qu'il casserait sûrement en moins d'une semaine s'il l'obtenait.

Il l'obtint.

En une semaine, le jouet ne ressemblait déjà plus vraiment à ce qu'il était. Au début de son adoption, il était une poupée guerrière. Un treillis qui ne voulait rien dire sur un tel objet, des armes en plastique qu'un véritable soldat n'aurait jamais pu tenir toutes en même temps comme le faisait cette chose plastifiée. Aujourd'hui, ce n'était qu'une chose. Plastifiée, toujours, mais démembrée aussi. Coloriée. Mâchouillée. Nue. Il faut dire que la vie d'un commando n'est pas de tout repos mais là, le militaire était mort en moins de temps qu'il n'en avait fallu pour le dire. Il ne fut pas le seul d'ailleurs. Des milliers puis très vite des millions de poupées jumelles furent achetées grâce aux cris des enfants dont les parents, désemparés par ce boucan qui leur mettait une honte migraineuse, ne pouvaient qu'ouvrir leur porte-monnaie en guise de bouton off de leur charmante progéniture.

A chaque fois les poupées subissaient un véritable carnage. Il faut dire que les épreuves étaient toutes identiques : plongeons dans l'eau du bain, plongeons dans l'eau de rinçage de la peinture, coup de ciseaux, dents aiguisées, ajouts d'accessoires au crayon indélébile, abandon sous le lit et enfin, privation de vêtements qui signifiait alors la fin de carrière du jouet. Aucun enfant n'avait procédé différemment.

Les poupées en avaient vraiment assez d'attendre de meilleurs traitements pour leurs congénères. Une nuit, alors que le supermarché était enfin calme, l'une des poupées s'emporta :

— Ça suffit maintenant ! On ne peut plus laisser un tel massacre se produire. Demain, ce sera peut-être à nous que ces enfants s'en prendront. Il faut agir ! Qui est avec moi ?

Mais aucun jouet ne réagit. Seul un ballon au loin soupirait, attendant la libération promise par la notice « *Increvable et roule à tout va en ville, à la campagne, dans le sable ou la terre.* ». Un beau destin qu'il attendait depuis déjà bien longtemps. Mais les poupées restaient immobiles.

— Allons, on ne peut pas se laisser abattre ! Réagissez ! Nous devons tous nous soutenir pour espérer être traité autrement ! Qui est avec moi ?

A peine quelques secondes, alors que la poupée pensait être seule et définitivement bonne pour la guillotine enfantine, un membre de son armée lui répondit :

— Bien sûr que j'aimerais t'aider mais, si ça se trouve, en nous rebellant, nous subirons bien pire que les châtiments que certains racontent ! En plus, ce ne sont que des rumeurs ! Un jour, un jouet du dépôt a raconté qu'un enfant l'avait piétiné pour avoir lâché son arme au moindre mouvement. Je pense qu'il voulait juste se trouver une excuse. Il n'était pas le cadeau attendu, il a été rejeté, voilà tout !

— Mais crois-tu que ce soit une raison ? Que l'un des nôtres soit traité ainsi me révolte ! Après tout ce que nous avons subi pour ressembler à ce que nous sommes dans nos boîtes absolument pas confortables, nous ne méritons pas ce genre de traitement. Cet enfant aurait pu le laisser sur une étagère ou mieux, le donner à un copain, mais non ! Il l'a violenté et finalement, rendu inutilisable !

La poupée qui avait lancé sa première révolte commençait à perdre patience.

— Mais parfois, les enfants sont gentils ! répliqua un troisième militaire en plastique

— Et c'est toi qui dis ça après ce que t'a fait ce rejeton aujourd'hui ? Planter ses ongles pour voir si ton pantalon est cousu sur ton corps, il fallait y penser tout de même !

— Non, je suis d'accord, il faut arrêter ça ! scanda un quatrième.

Tout l'étalage cria alors :

— Faisons-leur payer ! On veut bien jouer mais selon nos règles !

Toute la nuit, les poupées mirent en place un plan d'attaque afin de contrer les assauts des enfants. Garçons ou filles, les militaires n'épargneraient personne. Elles se dotèrent donc d'options non mentionnées sur la boite.

En pleine semaine, il fallait attendre la fin de journée pour espérer voir un enfant débarquer au rayon jouets. Très souvent, il était suivi par une maman criant :

— non, non et non, ça suffit. Tu fais des caprices, je ne me laisserai pas faire. Tu reviens tout de suite à côté du chariot ou tu vas voir ce que tu vas voir à la maison.

A la maison, l'enfant voyait bien qu'il pouvait jouer sans contraintes avec son nouveau guerrier.

Une fois dans sa chambre, avec sa boite sous le bras, l'enfant shoota dans tous ses jouets afin de faire de la place pour le petit nouveau. De toutes ses forces, le petit garçon tira sur la boite mais rien. Elle ne cédait pas. Hurlant de colère, il courut voir sa mère pour qu'elle lui ouvre. La situation était toujours la même et la maman de dire :

— Mais enfin Théo, il faut le faire calmement.

Délicatement, elle coupa le carton et sortit la poupée. L'enfant lui arracha des mains et retourna dans son antre. Le dépouillement commença. D'un côté il mit les armes, de l'autre les accessoires de mode. Théo se fichait pas mal de deux paires de bottes alors il en écarta la moitié qu'il ne retrouva jamais. Il souleva la combinaison et tapota le ventre de son jouet.

— Mais ? Tu es creux ? Est-ce que tu flottes ?

Immédiatement, l'enfant pénétra dans la salle de bain. C'était donc le moment d'agir pour le miliaire. Théo remplit le lavabo, déshabilla son jouet et le jeta de très haut afin qu'il éclabousse mais la poupée n'était pas d'humeur à prendre un bain. Avec sa petite force, elle dévia et tomba au sol. Surpris, l'enfant se baissa pour la ramasser mais, refermant ses jambes sur les doigts de son propriétaire, le militaire lui pinça un bout de peau. C'était douloureux pour ce petit bonhomme qui se releva alors brusquement et se cogna la tête contre le lavabo. La mère accourut et après avoir offert un panier de bisous à son fiston, elle lui cria d'aller dans sa chambre et de ne plus jouer avec l'eau. Des portes claquèrent, un jouet fut jeté sous le lit. Il était en paix pour plusieurs mois. En voilà un de sauvé.

Pendant le weekend, ce furent plusieurs centaines de poupées qui furent achetées, offertes et même parfois volées. Certaines s'en sortiraient, d'autre pas. L'une d'elle aimait jouer mais pas au prix de sa vie. Elle décida donc de changer de destin. Entre les mains d'une petite fille, la poupée pensa alors que ce serait plus facile. Mais il n'en était rien. Pauline n'était pas vraiment soigneuse. La première semaine, elle câlina sa poupée. Elle avait cherché un prétendant idéal pour Coline, sa Barbie. Un militaire lui semblait être un excellent choix. Très occupée, sa poupée ne pouvait pas consacrer trop de temps à sa moitié alors il était préférable d'en choisir une souvent en déplacement. Le souci était que le militaire ne tenait pas bien sur les chaises roses de la cuisine et dans le lit, il faisait souvent tomber sa fiancée. C'était mal parti entre Barbie et le militaire qui rapidement, se fit appeler Gaston. Mais Pauline aimait beaucoup Gaston. Alors elle le trainait par la tête ou les jambes à la recherche d'une activité qui conviendrait à son couple fétiche.

Quelques jours plus tard, ce furent les vacances. Après le départ de Pauline chez ses grands-parents Coline et Gaston restèrent sur le sol de la chambre en attendant la rentrée. Ce ne fut pas facile de séduire Coline mais Gaston se donnait du mal. Rapidement, ils commencèrent à plaisanter ensemble et, par la force des choses, se tenaient la main lorsque la nuit tombait sur la chambre rose. Deux semaines plus tard, Pauline rentra mais ne fit pas attention au jeune couple allongé à même le sol. Comme Théo, elle écarta ses jouets : une nouvelle recrue venait d'arriver. Cette recrue ne vivait pas. Et même, horreur des horreurs, elle ne lassait pas ! Elle fonctionnait à piles et avait un pouvoir infini : faire oublier à l'enfant ce qui l'entoure. Après plusieurs mois, Coline et Gaston pensaient que Pauline était à nouveau prête à jouer avec eux mais rien. Un matin, elle avait décrété qu'elle était trop grande pour jouer avec eux.

Un soir, le couple de plastique, à force d'imaginer des jours meilleurs, décida de s'enfuir, sans se retourner...

— Tu plaisantes ? C'est vraiment arrivé ? demanda un militaire de grande surface à l'un de ses compagnons d'étalage.

— Oui, c'est vraiment arrivé ! Je t'assure ! Un de nos amis s'est enfui avec une jolie blonde ! répliqua celui qui propageait la légende.

— Mais alors, il y a donc une vie meilleure pour nous ? demanda un petit nouveau

— Assurément ! lui répondit un du fond.

LA LIBÉRATION

Il faisait très froid. L'épaisseur chaude et rassurante ne pouvait pourtant plus la tenir éloignée de l'inévitable. Elle imaginait toutes les possibilités. La première était d'attendre le matin. Oui, c'est une solution très simple mais seulement en apparence. Seulement en apparence car elle ne cesserait de penser à ce moment si long, retenu longuement par la nuit mais libéré par un seul bruit. Ce bruit l'effrayait autant que l'idée de se faire happer par le froid, la nuit, l'inconnu. Non, elle ne pouvait pas rester à attendre. Elle se devait de réagir. La deuxième solution était peut-être d'y aller d'un bond. Oh non, ça non ! D'accord, sa peau n'aurait que quelques secondes pour être râpeuse mais, finalement, elle se risquait à pire.

Que faire de ce qui se trouvait sur sa route ? Elle connaissait le chemin mais l'obscurité lui réservait peut-être des surprises...

Elle était dans une impasse, elle en était consciente. Quelle que soit la manière d'agir, elle se devait de le faire. Ne serait-ce qu'un mouvement. Les choses allaient sans doute empirer. D'ailleurs, elles empiraient déjà, rien qu'en y pensant comme elle le faisait depuis maintenant cinq longues minutes. Existait-il une troisième solution ? Une solution ultime et inespérée qui lui permettrait de déployer son corps avec aisance, marcher vivement jusqu'à sa libération et enfin revenir, en sécurité, sans heurts, sans peur. Juste partir, être libre puis revenir et, enfin, oublier.

Ce n'était pas la première fois qu'elle vivait cette situation. Oh ça non ! Elle savait très bien qu'elle avait déjà vécu pire. Ce douloureux moment plein de doutes lui était arrivé en pleine nature ! Elle devait bondir comme elle se résignait à le faire ce jour-là mais, à cette époque, elle savait qu'en une seconde à peine son corps serait piégé ! Et pire, le froid immense lui aurait peut-être fait passer cette envie. Des millions de doutes envolés tout comme le repos dorénavant impossible.

Mais là, ce n'était pas la nature. Elle était en terrain connu ! « *Allez, tu sors, tu cours, tu fais tes petites affaires, tu reviens et on oublie ! On ne va pas y passer la nuit !* » pensait-elle. Pourtant, elle restait indécise.

Puis, en une minute à peine, elle se levait ! Il fallait la voir ! Elle se retirait de la chaleur comme si elle avait toujours fait ça. En quelques secondes, elle retrouvait son équilibre et avançait l'œil vif, les oreilles grandes ouvertes et, bien entendu, les bras en avant afin de se rattraper au cas où. Enfin, elle se figea. Sa main venait de pousser la porte tant attendue. Cette porte retenant l'antidote. Cette pièce cachée par la nuit qu'elle aurait tant aimée avoir plus près d'elle.

Pourtant, malgré l'issue de plus en plus heureuse qui se profilait, les doutes résistaient. Fallait-il voir mieux ? Prendre le risque d'allumer la lumière ? Non ! Ce serait trop bête de le faire maintenant car ce serait avouer qu'elle aurait dû le faire bien plus tôt et que tout cela ne lui aurait pris que deux minutes à peine, les doutes en moins ! Non, elle connaît le lieu. Pas besoin de lumière. Elle y est.

Le froid commençait à l'envahir mais elle se devait de se déshabiller un peu. Oh pas grand-chose, juste ce qu'il fallait. Elle le fit et enfin, s'assit. Elle n'avait jamais été aussi proche de la libération.

Et la libération eut lieu. C'était comme si on lui enlevait un poids énorme. Une libération. Le mot n'est pas trop fort ! Une fois ses petites affaires terminées, elle se releva, remit sa culotte puis avança d'un pas plus rapide et regagna son lit.

C'était encore mieux qu'avant ! La chaleur semblait la recouvrir. Les mouvements pleins de sommeil de son mari la firent s'arrêter. Elle ne voulait pas le réveiller.

— Qu'est-ce que tu fais ? Tu as fait un cauchemar ? » lui demanda-t-il

— Non non, j'étais aux toilettes. Excuse-moi de t'avoir réveillé. Bonne nuit !

PETITE MORT

La métamorphose avait lieu tous les soirs à la même heure. Le rituel était identique malgré ses efforts. L'Enfer arrivait ainsi : une perte totale de repères. Même respirer calmement devenait un secret bien gardé. La mort approchait, Mathilde en était persuadée.

La pièce tournait sur elle-même, les vibrations étaient de plus en plus fortes. Tenir, rester dans la réalité... Voilà ce qu'elle devait faire mais quand la machine était en route, plus rien ne semblait pouvoir l'arrêter. Mathilde avait peur. Elle restait à la fenêtre des heures entières, à sangloter, à attendre le jour qui semblait ne jamais devoir revenir. C'était comme une prison qui rétrécissait de jour en jour. Une prison qui te murmure que la vie va s'arrêter lentement et sans douceur. Puis, le soleil se levait et enfin, Mathilde pouvait s'endormir paisiblement. La pièce retrouvait sa superficie habituelle. La vie reprenait son cours et la jeune fille sortait de sa petite mort.

Les journées étaient toutes pénibles, sans surprises et tellement inutiles. Il y avait tout à faire mais rien à espérer. Une autre vision de l'Enfer en somme. Mais Mathilde faisait ce qu'elle avait à faire. Sans attendre. Ni la vie, ni cette mort qui viendrait la torturer la nuit prochaine. Ainsi se déroulait sa vie, au milieu de nous. Des mois entiers à la regarder pour finalement la voir renaître alors que nous n'y croyions plus.

Chaque matin elle attendait le tramway et chaque matin elle bâillait au point d'entraîner tous les voyageurs qui s'en décrochaient la mâchoire à tour de rôle. Plus que fatiguée, elle semblait ne plus être parmi nous. Elle agissait tel un robot et s'attaquait à ses journées comme ses nuits s'attaquaient à elle. Et puis, un matin, elle n'est plus venue attendre le tramway. J'avais beau la chercher du regard, je ne le voyais plus. S'était-elle endormie si tard qu'elle n'avait pas entendu son réveil ? Nous étions vendredi et je me disais que j'aurais ma réponse lundi. Laissons-la se battre avec ses démons le week-end afin qu'elle gagne dimanche soir. Mais lundi matin, rien.

Mathilde n'était pas loin. Elle regardait le tramway de sa fenêtre. Elle était en repos forcé. Une torture pour elle mais son médecin ne lui avait pas laissé le choix. Soit elle se reposait soit il la faisait hospitaliser. Ses journées de repos étaient aussi difficiles que ses nuits. Sans occupation, elle avait tout son temps pour se maudire. Elle regardait parfois l'heure pour voir ce qu'elle aurait dû faire en temps normal. Elle pensait alors à sa vie d'avant. Avant tous ces démons, avant cette prison nocturne. Une seule conclusion lui venait en tête : c'était mieux qu'aujourd'hui, certes, mais ce n'était « que ça ». Rien de palpitant, rien de vraiment beau, rien de bien neuf. Des jours, des repas, des gens, tout était identique. Une vie sans vie.

Dans sa vie sans vie, les nuits la pourchassaient sans cesse au point qu'en touchant le fond, elle n'eut d'autre choix que de rebondir. Complètement épuisée, elle s'en prit à la nuit. Elle lança des injures en l'air, s'aspergea le visage d'eau, se promena dans son petit appartement tout en remettant des affaires en place. Les murs reprirent leur taille habituelle sans que le soleil n'ait à se lever, sa respiration se faisait facile et plus rien ne tournait. Le calme était revenu et il était délicieux.

Deux mois plus tard, je ne l'attendais plus au tramway. C'était une perte de temps puisqu'avec la fin de l'été, Mathilde avait retrouvé ses forces et marchait le nez en l'air. Si elle comptait les nuages, elle semblait y prendre beaucoup de plaisir. Le soir, c'était le coucher du soleil qu'elle regardait, les clapotis du Rhône qu'elle écoutait. La vie semblait être revenue comme un premier jour de printemps.

J'ai longuement cherché un prétexte pour l'aborder et finalement, le nez au vent, elle me bouscula. Confuse, elle s'excusa mais son sourire était toujours là. J'ai donc eu l'audace de lui demander ce qui était si agréable dans le ciel et elle m'a expliqué qu'il n'y avait rien de particulier et que c'était le plus agréable. Regarder les nuages, le ciel bleu et parfois les étoiles était simplement un doux moment à passer comme chaque instant de la vie.

En poursuivant ma route, je me rappelais cette jeune fille aux cernes si marquées qui semblait avoir été quittée par la vie. Elle n'était pas morte mais juste cachée par ses angoisses. Un jour, le masque est tombé et elle a compris que sa petite mort ne servait qu'à lui mentir. La vie est telle que nous la percevons alors ne peut-elle pas être sublime ?

CELUI QUI

Je n'ai jamais aimé avoir peur. Je n'aime pas Halloween. Pourquoi ? Tout simplement parce que cette fête est l'occasion d'aller voir ce que font les voisins et de savoir ce qui se passe chez eux. Je n'aime ni les déguisements, ni les réglisses que les enfants réclament aux portes, ni les films d'horreur, ni les masques, ni les légendes urbaines. Je n'aime pas ce qui est sombre alors on me croit sombre ! Je suis celui qui n'aime pas la fête, qui n'aime pas les enfants, qui n'aime pas Halloween. Mais tous ces « on-dit » sont faux. La seule chose que je n'aime pas, c'est avoir peur.

Le monde est terrifiant alors pourquoi, une fois par an, en rajouter une couche ? En plus, dès le lendemain, les rires des enfants s'effondrent ! Leurs parents leur disent :

— Allez, on va au cimetière voir Mamie ! Ça, ça fait peur !

Cette mamie que l'on a vue à deux ans... On ne s'en souvient même plus et il faut aller au cimetière. Alors que les bonbons font souffrir les ventres des plus gourmands dès le lendemain d'Halloween, voilà qu'il faut affronter les pleurs des parents... Ils pleurent la mort après avoir fait semblant de la voir surgir de sous la terre.

Pour l'heure, c'est Halloween. Au fil des années, les enfants viennent de moins en moins frapper à ma porte. Certains essaient. Ça fait aussi partie du jeu de tenter d'approcher le vieux voisin sombre. Alors ils viennent, ils frappent à ma porte et ils attendent, partagés entre excitation et peur. Je ne viens pas leur ouvrir. Ils n'attendent jamais bien longtemps. Je pense à leur lendemain, au cimetière et à leur mamie.

C'est décidé : aujourd'hui, je sors ! J'ouvre ma porte et même, je la laisse ouverte ! Je m'assois sur la première marche de l'escalier de ma terrasse et dépose à mes pieds un saladier de friandises. Parfois, je crie :

— Des bonbons ou la mort ?

Les enfants s'approchent doucement mais une main les rattrape toujours :

— Non ! Ne va pas voir ce fou !

Mon saladier est désespérément plein. Personne n'est venu en manger car pour la première fois, ils m'ont vu. Je suis un inconnu. Celui qui n'aime pas Halloween, « *Celui Qui* ». Comme j'ai toujours un grand espoir en l'être humain, je suis resté assis toute la nuit et tout le lendemain. Personne n'est sorti. A l'année prochaine Mamie ! Personne n'a osé sortir tant que j'étais dehors.

Personne n'a osé croiser la route de celui qui n'aime pas les enfants, qui n'aime pas Halloween. Ils auraient surtout dû se dire que je suis celui qui n'aime pas être seul mais qui aime bien faire peur.

MÉMOIRE VIVE

Rien de pire que de se retrouver au point crucial... Ce fichu point crucial. On sait ce que l'on doit faire. Juste, ce qu'il faut. Ce qui est raisonnable. Nous savons que ce n'est pas ce que nous voulons mais c'est ce qui doit être fait. Alors, on le fait. On dort. Et on oublie. On fait en sorte d'oublier en tout cas. Notre cerveau est capable d'endormir un souvenir. Ou l'une de ses parties. Un matin, on se réveille et nous savons. On a oublié. La vie continue. Ce souvenir dort. Parfois il ne se réveille jamais. Pour moi, il ne s'est jamais endormi.

Je me souviens de tout : du jour, de l'heure et même du temps qu'il faisait. Je le sais parce que, comme d'habitude, le Monde nous pressait. Il était l'heure de... Il y avait quelque chose à faire. Ailleurs. De plus intéressant. De plus important. De moins douloureux. De plus facile à oublier. Alors, tous les deux, nous nous sommes laissés porter. Emporter plutôt. Tout s'est fait comme lorsque l'on doit enlever un sparadrap. On tire dessus. La peau s'accroche. C'est douloureux mais en une seconde, tout est fini. Il ne reste plus qu'une marque sombre et collante. Dans la vie, c'est la douleur du souvenir et l'idée que, quoi qu'il arrive, la trace partira. Il faudra frotter fort.

Je n'ai rien lavé. J'ai juste... écrit. J'ai couché plusieurs centaines de fois cette scène sur le papier. En espérant que tout redevienne comme avant... Je sais, les murs ne tombent pas toujours sous les belles lettres. Mais là, je crois que j'ai fait quelque chose de fort. « *Et si ... ?* » « *Et si ... ?* » Deux mots qui vous empêchent de dormir. Ces deux mots résonnent et surtout, vous empoisonnent. Tournent. Brûlent. Des milliards de questions commencent par ces deux petits mots.

« Et si ... ? » On sait malgré tout ce que l'on veut faire. Et si j'avais cette deuxième chance ?

Je ne sais pas pourquoi. Peut-être tout juste comment. Mais je l'ai eue.

Je n'ai pas la prétention d'avoir un « pouvoir ». Peu importe lequel. Même ma vie n'était pas si intéressante que ça. La plus belle partie de ma vie est celle passée auprès d'Hélène. Vous ne la connaissez pas ? C'est un tort. Elle est celle qui m'a révélé. Comment vous le dire autrement... ? Hélène c'est... Hélène. C'est le point crucial de ma vie. Il y a ce point et deux panneaux. Mon schéma est simple : « *Vie avec Hélène* », « *Vie sans Hélène* ». J'ai choisi le deuxième panneau. On l'a choisi ensemble. D'un commun accord dans lequel notre entourage était le plus d'accord. Bon allez, Hélène, c'est l'amour de ma vie. Son cœur. Tout simplement. On était jeunes et il fallait continuer de vivre en espérant très fort qu'à un moment, la vie nous emmènerait à la même destination. Finalement, c'est ce qui s'est passé. Elle a fait vite la vie. Cinq petites années.

Bien sûr, lorsque l'on est hors contexte, la vie a fait très vite. Qu'est-ce qu'on a eu le temps de faire en cinq ans ? Pour moi, ça a été trois ans à pleurer, six mois à tourner autour du pot, six autres mois à essayer de passer à autre chose et une année complète à vivre à côté de mes pompes, à m'apitoyer sur mon sort en appuyant bien fort sur un gros bouton portant l'étiquette « *Et si ... ?* ». J'ai coupé ma vie en deux. Mon travail et le reste. Le reste, c'est un sac. Un fourre-tout comme disent les filles. Il y a mes autres copines. Celles que j'ai essayé de garder en me répétant que j'étais heureux et celles qui comptaient tellement peu que très franchement je crois qu'elles sont parties sur la pointe des pieds parce que je n'ai vraiment rien entendu.

Ensuite, il y a la famille. Elle englobe les déménagements, les repas longue durée, les mariages, les naissances et j'en passe. J'avais toujours l'impression d'être à moitié présent. Je rentrais très vite. Ni ému ni triste. Je rentrais. Mes « *Et si ... ?* » tournaient. Toujours. Une fois encore, j'ai noté toutes les choses que l'on aurait pu faire, Hélène et moi, si l'on avait eu la force de continuer. A ce moment-là, je n'avais plus la force de continuer sans elle. A bien y réfléchir, malgré tous les obstacles, la vie était bien plus douce auprès d'elle. Je crois que ce soir-là, j'ai dépassé les bornes.

Sur une feuille, j'ai noté toutes les choses que l'on ne ferait jamais ensemble. Se marier. Avoir des enfants et à notre tour déménager et manger au milieu de la famille gigantesque et soulagée que les deux enfants aient grandi solidement ensemble sans perdre les objectifs fixés par la réussite et l'avenir protégé. Puis, j'ai refermé ce que détenait cette terrible page. Un cahier entièrement consacré à notre avenir qui n'aura jamais de vie. Les pages étaient toutes noircies. C'était la vie qui était écrite sur ces lignes. Et là, sursaut : le cahier était fini ! Ma douleur s'était glissée entre chacune de ces pages mais elle n'était pas endormie pour autant. Le cahier, lui, était fini. En racheter un autre aurait simplement prouvé que ce qui me manquait n'était pas un budget papeterie mais bien un psy. J'ai éteint la lumière et pour la première fois de ma vie, j'ai dormi d'un sommeil profond. Sans chercher le pourquoi, je me suis reposé, détendu et mes « *Et si ... ?* » se sont éteints pour laisser place à ce que l'on méritait tous les deux.

Le lendemain, je me suis réveillé doucement. J'étais calme et apaisé. Il faut dire que la fenêtre était ouverte et la brise légère venait caresser ma chambre. Je me suis assis afin de profiter de ce moment si rare. Je ne dormais jamais la fenêtre ouverte et je n'étais pas du genre à me relever la nuit... La porte a ensuite claqué et là... Hélène. Elle est entrée, sourire aux lèvres. Elle m'a dit qu'elle était gênée d'avoir fait une entrée si bruyante dans notre chambre mais elle était venue chercher un livre ou je ne sais quoi. C'est l'unique fois où je ne l'ai pas écoutée. Elle était là. Je pouvais être surpris. A sa sortie, j'ai tout vérifié. Mes affaires étaient à leur place, simplement accompagnées des siennes. Rien n'avait changé. Mes vêtements de la veille étaient toujours posés en boule sur une chaise. Mais ma respiration s'arrêta lorsque je vis le cahier que je tenais depuis ces cinq années d'enfer. Je ne voulais pas qu'Hélène le voie même si je doutais d'être encore dans la réalité.

Là, je vis que les pages étaient entièrement blanches. Il n'y avait plus rien d'écrit. On ne voyait que l'usure. Certaines pages étaient toujours cornées mais l'encre avait entièrement disparu. J'avais plusieurs hypothèses mais l'une d'entre elles retint mon attention. Le cahier avait effacé chacune des lettres que j'avais écrites car j'avais cessé de l'alimenter de mon aveuglement. Je trouvais stupide de penser que le papier puisse avoir une mémoire vive mais aujourd'hui, je sais une chose : rien n'a changé dans ma vie. C'est comme si Hélène n'était jamais partie mais qu'aucune de nos avancées personnelles n'avait été modifiée.

Elle travaillait toujours à ce poste qu'elle fantasmait lorsque l'on était ensemble, et moi je travaillais toujours dans une entreprise nouvellement construite mais qui évoluait d'année en année. Plus tard, j'ai même vu des photos d'événements que je pensais n'avoir jamais vécus avec Hélène. Mais j'étais là. La seule chose qui avait changé, c'était mon état d'esprit. J'avais abandonné mon désespoir quelques instants un soir où mon cahier m'avait semblé tout à fait effrayant. Et si c'était pour me remercier de le laisser enfin en paix que mon cahier m'avait offert ce dont j'avais tant besoin ?

Ce fut ma dernière question débutant par « Et si ... ? ».

REMERCIEMENTS

Merci à Séverine et à sa Boîte à tetruC pour les corrections, le sérieux et les encouragements.

Merci à Daniel pour ses conseils toujours pertinents.

Merci à ma maman, ma sœur, Thierry, Caro, Julien, mes beaux-parents, Alexis, Aurélie et Nadine.

Merci à mes amis : Claire, Pauline, Sonia, Adriano, Fabienne, Philippe, Susann, Nathalie, Blandine, Benoit, Arnaud, Mickaël, Elodie, Stéphanie.

Merci à ceux qui me rassurent quant à l'avenir : Armand, Florian, Killian, Maeva, Kélya, Rose, Victor, Louise, Malo et à ma merveilleuse Valentine.

Merci, chaque jour, à William.

Merci Lilian.

TABLE DES MATIÈRES

Trois cents secondes	9
C'est pour moi	14
L'Ange et la Chanceuse	22
Le passage	31
La révolte du plastique	42
La libération	51
Petite mort	55
Celui qui	60
Mémoire vive	63
Remerciements	71
Du même auteur	73

DU MÊME AUTEUR

A jamais et de tout temps (2008)

Adrien Poche (2011)

Adrien Poche – Un meurtre sans étiquette (2013)

Celle qui accompagne le héros (2019)

www.charlotteboyer.fr